歌集

デゼルに乗って

山下和代

典々堂

＊目次

ふふふ 9
仮想世界 18
流しを磨く 21
余部鉄橋 26
虎杖《いたどり》 32
来《こ》れん出《で》れん 38
いつものコース 41
エンジンブレーキ 47
雨に溶ける 51
保護色で 57
おおの冷《ひ》やい 63
ナシナシ公園 69

龍馬マラソン 75
夏も定番 81
わたくしの欠片 86
トラック来るな 91
無人駅 98
トンガのかぼちゃ 106
故障なし 113
ナイスシュート 119
ひろめ市場 122
冬の流星 126
トラム良し 132
マラソン不参加 137

チャリダーになる　143
風良里《ふらり》　149
やまない雨はないんやで　152
目だけ二十歳　156
マイナスα《アルファ》　161

解説　久々湊盈子　167

あとがき　175

装本・花山周子

歌集　デゼルに乗って

ふふふ

看板も標識も目でたぐり寄せたぐり寄せつつ十キロ走る

ジョギングの途中の二分主婦となり賑わい見せる魚屋覗く

何用もなけれど駅へ立ち寄りぬ旅のにおいのするが嬉しく

友に会う時間せまりて走りゆくメロスの約束ほどでなけれど

仏具屋の店員じろりと我を見るジョギング姿で立ち寄りたれば

ややや残るチューブをしぼり出すように締め切り迫りて言葉をさがす

一度だけ行ってみたってどうなるというものでなしエステご優待

ごめんね連れて行けなくて赤に言い黒のバッグに中身を移す

ワクワクもソワソワもみな詰め込んでかばんを持てば旅は始まる

旅立ちの車窓に見ればわが街も見知らぬ街に見ゆる可笑しさ

東京に無いものが我が街にあると思わなかった十八の頃

川面へと石を投げれば四万十の緑はじけて石渡りゆく

四万十川に色鉛筆のちらばりてカヌー教室里を賑わす

甲羅干しさせんと亀を庭に出す梅雨晴れの空淡きみず色

高知から日帰りで来て大阪の電車の中で虫に刺される

最大値不明のままに進みゆく人生という数直線を

いかがです？　野菜ワゴンに近づけばトンガのかぼちゃが声かけてくる

会席の桜餅風デザートを写して友に春を配信

走り終えグラウンドの芝に寝転びてひとり占めするこの青い空

しあわせを作って売っているような「ふふふ」の暖簾ゆれる製麩《ふ》所

君からの言葉だといいね看板の「いつでもどこでもあなたのもとへ」

これの世にさよなら告げて花びらは向かいの川へダイビングする

多弁の我を諫めるごとく何事も言わぬがよいと亡き祖母の声

インターを下りゆくにつれくるくると旅の魔法はとかれてゆけり

花しょうぶ矩形《さしがた》の田に咲き並び南国土佐の光を反す

目印の赤い自販機撤去され友の家への辻をまちがう

仮想世界

今日ひと日着信もなく「すべて世は事も無し」とてケータイを閉ず

萎えそうな心みずから撫でやりてパソコン講習三日目となる

秋来ぬと日曜市へかごを提げひとり出かける言葉を買いに

窓からの光セピアにかたむきて心の置き場にとまどう九月

明日のことなど誰にも不明と言いながら手帳にしかと予定書き込む

エッセイを書きなずみつつ手に取りし向田邦子につい読みふける

「みそ汁丼《どん》」と名付けて一人の昼餉とすランチョンマットきちんと敷いて

流しを磨く

五十とは生きさし時間の形容に長い短い付けがたき年齢《とし》

山峡の駅に降りれば祖母と寄りし駅前食堂無くなりており

温もりの中で思考は迷走す眠りに落ちる前の数秒

送金を知らせてやれば息子より「あざーす」などとメールが返る

我がためにかけしお願《がん》を撤回し子のため拝むひとこと観音

官報というを初めて買ってみる息子《こ》の名小さく載るだけなれど

三十年いつしかなじみし我が姓をまもなく娘は離れゆくなり

夫《つま》と娘《こ》と乗りゆくバスにて我ひとり取り残されし夢より醒むる

花嫁の父にてあればリハーサルのチャペルにじっと座する夫の背

真っすぐな瞳をしたる青年に娘の腕《かいな》夫は託せり

スーパーの袋に牛蒡揺らしつつ歩けばしみじみ我は主婦なり

秋空に銀糸をけさも光らせて蜘蛛はたしかな生業をもつ

玄関で見送りながら妻が背に羽の生えるをあなたは知らず

深くふかく自問自答をくり返し今日のわたしは流しを磨く

余部鉄橋

富士山に登るごとくに幸福が次々くるとおみくじにあり

勝ち抜きしママさんバレーのユニフォーム晴ればれと干す月曜の朝

梅雨明けてはやも稲穂の垂れ下がる土佐はまもなく黄金の国

「そうっすね」ってアタッカーのエイコさんスーパーで会えば籠さげて主婦

さよならの日帰りツアーどうしても余部鉄橋この目で見たし

日傘持ち足並み揃えキリストに「奉仕」せる人らチャイムを鳴らす

どこへ行くあてもなければ今日ひと日Tシャツトレパン素顔で過ごす

十年の保証ある鍋買いしゆえあと十年は生きねばならず

正直に生ききし我にも小さなる嘘一つあり白髪を染める

自転車で晩夏の坂を下るとき十四の我が乗っていたりす

今日というまるで自由な一日を何もせぬまま過ごしてしまう

飛行船赤き巨体を現して空の水槽ゆったり泳ぐ

ジーンズの試着をするには気合が要るグイッとヒップを収めるその時

読み聞かせ明日は二年一組へ秋空のような服を着て行く

腹立たしきこと思いつつ畑打てば畝はいつしか曲りていたり

思いきりパンパン叩き伸ばし干す諍いし後の夫のワイシャツ

冷奴に青じそ刻んでいる背中　わたしなしでも生きていけそう

虎杖《いたどり》

「岳物語」子に勧めればわが家でも「おとう・おかあ」と呼ばれ始めき

御利益のないのもちょっと悲しくて実現不可の願掛けはせぬ

年頭に引きし御神籤下ノ下にてこれ以下は無し怖いもの無し

うつろなる眸《ひとみ》の父に呼びかけて魂引かるるをはばまんとする

六年を戻りえざりし古里へ煙となりてもどりゆく父

フリースがコットンに替わるユニクロのちらしの中に春は来にけり

明日からの三日の自由確保して色濃きマニキュア塗りいる夜更け

飛行機の旋回のごと傾きて特急「南風《なんぷう》」カーブを急ぐ

特急「南風」那須与一の矢となりて瀬戸の海上ひょうと飛びゆく

虎杖《いたどり》を買えば淡竹《はちく》も付いてくる日暮れま近の日曜市で

環状線野菜手にゆくジョギングはちょっと恥ずかし裏道を行く

ドリンクのための百円里山の「良心市」で野菜にかわる

今だけと庭に蔓延《はびこ》るどくだみの白き十字花咲くがままにす

生れいでていまだ十日の孫のため「ぐりとぐらカルタ」棚に出しおく

今どきの男のすなる育児というを夫もするなり初孫抱きて

ベリーショートなりしわが髪やや伸びて似合うよと母は嬉しげに言う

来《こ》れん出《で》れん

土佐弁はもとより「ラ抜き言葉」にて来《こ》れん出《で》れんと悪びれず言う

もう一度絵画教室行こうかな空もアートを始める九月

ここに赤ここには緑と黄を入れて絵を描くように弁当作る

ただひと夜の過ちなれど育て来しベンジャミンの鉢霜に枯れたり

買いたき本売り切れておりゆらゆらとペダルを踏みて秋を戻り来《く》

本日限りの年末ジャンボ当たるかもしれぬ一人となって並びぬ

よき夢は長く見ているほうがよしジャンボの番号しばらくは見ず

いつものコース

いつものコース逆に走れば人生はまだまだ楽しきものかもしれぬ

おばあちゃん若かったんだねと言われる日思いおまえと写す一枚

何してもこのごろ時間がかかるのと十年さきを行く友の言う

戦利品得たる気分で持ち帰るバーゲンセールのブーツにコート

弁当は見られぬように作るべし開ける楽しみ奪わぬために

午後四時の我が菜園に虹立てて雨降らせやる青きホースで

蛇に会うも猫の死骸を目にするもどちらも否なり遠まわりする

歩くこと覚えしばかりの子の前にボールを置けば蹴る真似をせり

淡路島高速バスは四方より海の気配をまといて走る

バスはもう人を攫って行ったあとベンチにひとつ枯葉が残る

吾もいつか乗せていただくかもしれぬデイサービスのバスをよけたり

行先案内の無き人生の交差点来るたび迷う右か左か

玄関をいま出し息子もどり来て「虹が出ちゅう！」と告げてまた行く

記憶より未完の一首とり出して思いめぐらす赤信号に

奥様おひまをくださいと突然に今日はたらかぬ湯沸しポット

レジを待つ列に並びて見回せばここはスキヤキあそこはカレー

複雑な思い沈むをかき混ぜて灰汁《あく》取りおればスープ澄みゆく

エンジンブレーキ

焦がしたる言い訳しつつ詫びている十年保証の鍋にむかいて

弁当にあの色入れたしキッチンの窓の向こうの山吹の花

ほめられし言葉のあとに本当は「君にしては」が隠されていき

慎重にエンジンブレーキかけながら言うべきことは言わねばならぬ

あなたよりふた月ほどは大人ゆえ車の傷は私ってことに

ひとり行く深夜の堤防人影の無きはさびしく有るは恐ろし

郷愁の光をあびるネコジャラ市ドン・ガバチョ氏はお元気ですか

朝空に秋ひろがりぬ山並みの隅に少しの夏を残して

お出かけのママ呼びて泣く幼子に草かんむりの母をさし出す

要求は却下されたり渾身のひと泣きのあと寝入りし幼

欲ハナク決シテ瞋《イカ》ラズと日に一度宮沢賢治の詩を暗誦す

雨に溶ける

仮免許練習中の後ゆけば折り目正しき運転となる

ぽつぽつの雨でも車で送りますあなたが雨に溶けると言うから

初恋の人に言われし口結ぶ癖あるわれに今日も気付けり

音すればみないっせいに右を向くなかなか来ないバス待つ列は

不登校らしき一人の少女の名新聞歌壇にしばしば見ゆる

一車線追い越し禁止の国道をひたすら軽トラの従者《ずさ》となりゆく

自宅へのルートさまざまカーナビの指示にごめんと言いてさからう

いさかいはご免蒙り心して「三猿」をつれて暮らすこととす

子の描きし母の日のわが顔の絵におこらないでと書かれてありぬ

「ここだよっ」孫は冷蔵庫に駆けよって凍りしミニカー次々取り出す

「空気のようにあなたと居たい」と言いしゆえ意識もされず三十四年

家事はもうしないと決めて四時間を川上弘美を読むに費やす

我のため夫が淹れくれしコーヒーのポットの蓋がきつくて開かぬ

ざわざわと熊笹揺らし風吹けば妖怪たちの目覚める気配

シンデレラ迎えに行く日を夢見つつかぼちゃは眠る緑の葉かげ

十二時にお迎えが来ると病床の義父は何度も時計を見やる

とめどなく夢想の翼ひろげつつ虎杖《いたどり》剝きて二時間が過ぐ

保護色で

みきちゃんの育てし西瓜パシッとはじけ真っ赤な丸い笑顔がふたつ

パラソルハンガーのタオルの隙間に保護色で干しておくなり私の下着

惣菜のパックを皿に移すとき時間は買えるものだと思う

十歳が二分の一ならわたくしはまもなく三倍成人式です

詩情など湧かぬ頭にとりあえず喝を入れんとシネコンへ行く

幼子と同じ無邪気な笑顔して写りいる娘は二児の母です

目をふたつ入れたるだけでそう見える香月泰男の流木のヘビ

先生がまなこ凝らして縫っている二針三針わたしの指を

無理も我慢も大事なことと朝ドラのおばあ様が言う頷きて聞く

折りにふれ光明真言唱うべし人はもとより罪多きゆえ

押しボタン急ぐ世のため人のため清く正しく押さずに渡る

予定表に東京行と書き込めばＳｕｉｃａのペンギンツツと動く

夏の午後一輛だけの土讃線東京の電車のごとくにぎわう

ラ・フランス白いショールで貴婦人のごとく来たりぬ南国土佐へ

鈍行を待つわが前に特急がドアを開けたりどうぞと言いて

「長男の嫁」はまだまだ死語じゃないがんばろう私！　で乗り越えるべし

背を風に押してもらってペダルこぐ雨雲なんかにつかまるものか

おおの冷《ひ》やい

幼子の紙いっぱいの絵のように富士山広がる列車の窓に

カップラーメン待つのと同じ三分で次の電車が来る山手線

矢印に指示されるまま下りゆき土竜《もぐら》になりて電車乗り継ぐ

この冬は「おおの冷《ひ》やい」といつもよりもっと何度も言った気がする

えっ私？　ジョギングの我にパトカーのマイクが響く「止まって下さい」

月ノ瀬橋のたもとで止められ尋ねらる昨日の早朝事故を見たかと

園服のきつそうな子ら園庭で縄跳びしおりもうすぐ三月

金色の春の夕日にたたずめばどの人もみな杜子春となる

森深き美術館出でてふり向けばハンカチの木の花が手を振る

よく笑いよく飲み川柳はまああと書かれてブログに我らの写真

大葉子《オオバコ》の根のしたたかさやや妬《ねた》しなど思いつつ庭に鍬打つ

塀越しに歓声響き児童らが早くも魚となりて水無月

久万川の川面を泳ぎゆきし蛇あのあとどこへ行ったのだろう

耳鳴りと共に暮らせば静寂の淵に沈むということの無し

太陽をひと日まるごと吸い込みて畳まれてゆく白きTシャツ

自転車に引っ掛けられて計らずも出来し穴開きジーンズ楽し

ナシナシ公園

そうですね！　了解！　などとカーナビと会話している独りドライブ

永遠に変わらぬのかと思わせる赤信号にいくたびもあう

すべり台砂場ブランコすべて無いナシナシ公園木ばかり育つ

無意識に相手チームを贔屓するこれってアンチジャイアンツかも

お互いに紛らわしくてこそばゆい夫と私は和男と和代

インフルエンザにやられし私はウルトラマン三分間なら立ってたたかう

プラスチック食むはどうもと夫が言い木の俎板をスーパーに買う

自転車のかごの秋鮭しっぽ出て止まれば猫に飛び付かれそう

遠くまで旅した顔で降り立ちぬ十二分間乗りし列車より

新しき仕事に就きし夫の背を両手の平で押して見送る

さっきまで畑にいたよとじゃがいもが笑顔で並ぶ日曜市に

横綱の倒れ落ちゆく客席のクローズアップにムンクの叫び

身長があと一センチ高ければとたびたび思う人生である

秋の雲定型のごとく浮く下に破調字余り字足らずの我

目に見えぬ口には出さぬ確執が女にはある家事のすべてに

妙に心の塞ぐ日なれば厨房のタオルは明るき花柄とする

龍馬マラソン

新旧のジョギングシューズ並べおき写真に残す交替儀式

二十歳にて三十キロを完歩して六十歳にてフルマラソンに

とりあえず高知市脱出してみんと東へ西へ二十キロ走る

人に会う時間惜しみてジョギングに一人出てゆくマラソン前日

完走できねばどうするのフルマラソンご褒美先に買いてスタート

沿道の老若男女とハイタッチしながら走る龍馬マラソン

「忍之一字」「朝飯前ッス」Tシャツの文字読むも楽しマラソン途上

目の前は太平洋の水平線地球の丸さ感じつつ走る

淡々とただ黙々と走りゆく太平洋を左手に連れ

仁淀川の河口大橋折り返しくる人の顔今年も険し

どの顔も己れと闘い走りゆく三十五キロを過ぎしランナー

「とても楽しい四十二キロ」と言いたきが残り五キロで風にやられる

わずかでも風よけのためランナーの陰に付きたし付かれたくなし

進めぬと思えるほどの向い風なんでこうまでして走るのか

自分へのご褒美のバッグ目に浮かべ買うぞ買うぞと完走めざす

トイレにも行かず止まらず進むのみただひたすらに五時間走る

振り返ればあれもひとつの旅である四十二・一九五キロ

夏も定番

どこかから芽が出そうなりこの三日竹の子・蕨・たらの芽食めば

外出には手袋ストール欠かさずに冬の定番夏も定番

右ばかり傷めば延命措置のため裏返し履く五本指ソックス

窓辺にて寝そべる二人は五年前上海より来し陶器の人形

人生の何パーセントを費やすか洗濯物を干しては畳む

人のために生きるは大事なことと言うイランの若き女性のことば

あのころは平和だったとつぶやいて溜息をつく未来はいらぬ

直球で勝負するより頑なな人に効くのはスローカーブだ

野望もち京へのぼりし一寸法師ふつうの男となりて終わりぬ

「あれを見て！」見知らぬ人に教えられふり返り見れば大き虹立つ

太陽を捕える神話ありたるがアイソン彗星今日消滅す

題詠はチョコレートゆえゴディバにて自分のために三粒買い来る

土俵際きわどく負けし豊ノ島「帰ってビデオ見て落ち込もう」

腹立たしきことある時に踏み潰すために溜めおくペットボトルを

わたくしの欠片

昨夜《よべ》ついに爆発したるわたくしの欠片をどこへかたづけようか

車持たぬ日々始まりて自転車のわたし雨にも風にも負けず

唐突に「元気かねえ」と尋ねくる老女の声のまちがい電話

去年《こぞ》の秋ともに試合に出でし友この春われを葬儀に呼びぬ

学校へ遅刻しそうになる夢を見なくなりしはいつ頃からか

セールにて一枚残りしジャケットは待ちいたるごと私に似合う

フラットな胸さし出せば検査技師もわれも汗だくマンモグラフィー

居酒屋用語レクチャーされて外つ国《とくに》の人らいきいき「トリアエズ、ナマ！」

あの店の天日干しのがうまいねん　友へと土佐のうるめを送る

図書館へ本を返すと九十の叔父小走りに信号渡りぬ

思考するいっとき補聴器はずしおく音無き世界に生きるのも良し

補聴器のボタン電池の入れ替えの素早くなりしが少し悲しい

しつこいと言えば短所になるけれど粘り強いは長所なのかも

トラック来るな

掬いたるスプーンにつきし蜂蜜をひとり舐めるを役得という

家事をせぬ夫の作りし握りめし海苔も巻かれて昆布《こぶ》も入れある

エッセイの最後の一行書きあぐね徒然草を思い浮かべる

「川」の題詠締め切り迫れど仁川《インチョン》の男子マラソン見ずにはおれぬ

川面へと石を投げれば若き日の恋のようなり跳ねては沈む

十八の時の夢なる東京に住んでみようか「チョイ住み」でいい

富士山頂の空気入り缶詰デパートに並べられ街は秋風となる

富士山頂の空気の入った缶詰は貴重品ですたった千円

トラックが波打たせつつ通りゆく吊橋渡る　トラック来るな

かつて子を叱りしわれがよみがえる娘が子らを叱る口調に

すっぴんで帽子目深にサングラス不審者のごとゴミ出しにゆく

ま、いっか！　と放っておきし諸々がある日津波のごとく寄せ来る

出奔は朝がいいかもゴミ出しに行くふりをして荷物を持って

下車駅の一つ手前で本を閉ず魔法からゆるりと立ち上がるため

乗務終えし車掌はホームに降り立ちて白手袋をゆっくりはずす

何しても何度やってもミスがあるわが人生は多分このまま

アイメーク口紅ピアスいずれかをのけて出かける眼科歯科耳鼻科

誰かいて空の向こうで引くごとく雲は流るるグラウンドのうえ

四時に起き真冬の空にふたご座の流星四個見てまた眠る

無人駅

十七歳十八歳と数字のみで語らるる容疑者はみな少年なれば

体より心疲れている夕べ少し軽めのジョギングに出る

サンガリアのあめゆ缶入り自販機を見つける楽しみ二時間走る

ピチピチの母親なりし姑は病告げられ忽ちしぼむ

米寿の姑食べず歩けず独りにできず三十キロを介護に通う

四十年諍うこともなき姑をぎゅっと抱き寄せトイレに立たす

がらんどうの待合室に我ひとり明るくさびし夜の無人駅

休日は海に行きしか脈をとるナースの腕の日焼けあたらし

友からと思いて取りし早朝の電話は姑《はは》の急変を告ぐ

満員のエレベーターに一分間パックの中の貝割れ菜のごと

空模様うかがいながら干し物を入れては出してひと日が終わる

両腕を上げて振りつつそれらしく進む園児らの阿波踊り

もう忘れてもよきことなれどルート5は「富士山麓オーム鳴く」なり

昨夜会うを忘れて西をあおぎ見る午前六時のスーパームーン

キッチンのボウルで潮を吐きながらあさりは海の夢を見ている

あなたをまず食べるわねなどつぶやきて揉みほぐしやる軒下の柿

背の高さ妬むわけではないけれど皇帝ダリア好きになれない

御茶ノ水独りランチは駅前のスープストックトウキョウにて　美味

孫たちに過去に戻れる術《すべ》なりと言いて編みかけの毛糸をほどく

スミマセンマチガエマシタ突然に鳴りしラジオの日本語教室

死ぬ前は柿食べさせてと言いおりし母は眠ったままで逝きたり

幸せな人生でしたと家族への母の手紙が遺品より出でぬ

でこぼこでいびつな母でありしかど最期の着地ピタリ決めたり

トンガのかぼちゃ

わがために完走賞を用意する龍馬マラソンまであと二十日

向かい風と上り坂は好きですと自分に言いきかせつつ走る

走っても歩いてもよし気ままなる四十二・一九五キロ

道はもと人が歩きて出来たもの車よ大きな顔で通るな

押しボタン渡らなくても押しておく今年はいじわるばあさんになる

にこやかにさも親しげに「こんにちは」寄り来る老女知らぬ人なり

靴とバッグ除けばすべてユニクロのモデルのような今日のわたくし

ごめんねと上だけ掬って食べている焦がしたトンガのホクホク南瓜《かぼちゃ》

去年《こぞ》の秋旅にて買いし能登の塩ふりかけて食む残りごはんを

親友が育てて作りし苺ジャム今年のひと瓶まもなくフィナーレ

鉛筆の匂いさせつつ七歳は「羽・色・光る」と書き取りをする

四年前失踪したるもじずりが突如あらわる冬青《そよご》の根もと

日本の海抜は東京湾が基準であると知ってましたか

「汽車で」って言って下さい高知では電車は路面電車のことです

海をこえトンネルあまたくぐり抜け切符くわれてわが旅終わる

ラストに思わず涙してシネコンを出る前かける濃きサングラス

ジーンズのポケットより逃亡すはだかのままの野口英世は

神官がひとり社《やしろ》で祝詞あげ集う人無き過疎地の神祭

手袋をはずせばよかった憧れのひとと別れの握手したとき

両腕を広げた龍馬がロゴになる土佐の高知の「リョーマの休日」

故障なし

いちめんに揺れるひまわり見に来しが六万本がうなだれており

空色と水色の違いというはなに絵具の青を薄めつつ思う

見て見てと見知らぬ老女われを呼ぶ堤防びっしり埋めつくす蟹

ちちははの家庭《いえにわ》平らげトラックの荷台に乗りてユンボは去りぬ

十歳で読みし「若草物語」姉妹持たざるわれのあこがれ

カフェオレもクリームスープも好きだけど牛乳だけを飲むのは嫌い

わが前世は中世の洗濯婦なり確信しつつ干し物をする

旅に出る夫見送りて留守中はすべて外食するぞと決める

外食と決めていたのにコンビニで弁当選び家にくつろぐ

土佐に無き習わしなれど広告の年ごと派手になる恵方巻

おいしい……とひとり呟く魚屋のそのひと言に刺身を買いぬ

国々の首相夫妻の睦まじさ見せつけるためにタラップはある

このわれについに届きし老人手帳老いの歌など作りたくなし

野や山をただ行くときもハンターの目になるイタドリの生いたつ頃は

ほわとした歌の心を持ち帰る飛ばさぬように濡らさぬように

百円の無人売り場のバナナ買うチャリンと音を響かせながら

結婚後四十二年故障なし私も私の電子レンジも

ナイスシュート

ケーキよりスイカが嬉し寒いより汗かくが良し七月生まれ

紙くずを丸めて投げるゴミ箱へ「ナイスシュート」と一人で拍手

わが手相見しおじさんは笑いつつ「呑気過ぎじゃあ」とたった一言

駆けてゆくわれを揺さぶり春嵐敵になったり味方になったり

四万十のマラソンスタッフ菜の花の中にぬっとおばさんが立つ

四万十を走る我らに高く二度トロッコ列車はエールをくれる

川沿いの山の道にもひょっこりと喫茶店ありやっぱり土佐路

元気だねと若いころより言われたる私の元気のもとは何だろ

ひろめ市場

観光客どどっと押し寄せたちまちにひろめ市場は中国の街

中国の人らに混ざりこのわれも旅人の顔になってしまえり

天ぷらを指さすわれを疑わず値段言いくる中国語にて

読み聞かせ一年生への最初には「みどりのはしご」と決め十余年

ママ巡るライバルなりし弟も三歳になれば兄の親友

二列渋滞の鏡川橋に救急車足踏みすれど救いてやれず

毎日が一生に一度の日だと言う七歳にわが日常を恥ず

よさこいをひとり踊れる少女あり夏のイオンのキッズスペース

マジックテープの財布バリリとプロ棋士は中学生のらしさ、のぞかす

細くていいねと言われるなれどただ子供サイズというだけのこと

臨場感たっぷりに語るどの女《ひと》も四十年前のお産のさまを

冬の流星

あっ見えた！　もっと降れよとぬばたまの夜空に冬の流星を待つ

十五年わが家に尽くししカローラはこれからアフリカへ行くと言う

二十年後も命あるなら正直に生きんと思う髪など染めず

ご近所がつどい厳かに緞帳を上げて拝せし昭和のテレビ

録画しておきし楽しみ電気屋が交換すると持ち去りてゆく

改札機に差し込む切符シュッ、パッと戻りて乗り換え嬉し

晴れ上がる高知の朝は氷点下雪も降らずにただ寒いだけ

人間も干物のごとく乾くゆえ風強き日は温泉に行く

日が射せばたちまち消える雪景色けさの高知をスマホに残す

紙コップ検尿のごと渡さるるコンビニレジのセルフコーヒー

二で割った余りはママに兄弟が皿を並べてチョコベビー分ける

咲きゆくを窓から眺むる子のありや鑑別所の庭二本の桜

国分川のぞけば慌てて飛ぶ鴨よ大丈夫われはゴンベエ*じゃない

＊昔話「鴨とりごんべえ」

場違いな感じと夫のひるむカフェ熟年女性ばかりでにぎわう

ペンションのご夫婦けんかしたのかな朝の目玉焼塩かげん濃し

姑に習いし土佐の散らしずし生姜と柚子をたっぷり入れて

本日より六七《ろくしち》四十二歳なり若返りゆくわれにおめでとう

トラム良し

恋なるか介護なるかと手をつなぐ熟年二人を振り向きて見る

高山も白川郷も一時《いっとき》の味見に終りし一泊の旅

歩くよりはりまや橋へはトラム良し自転車なれば更によろしも

地震《ない》来ればどこへ逃げるとあちこちで考えつつ行くジョギングの道

誰ひとり戻らぬ故にあの世とはいいところらしいときみまろは言う

「飛ぶ」の字を板書したれば九画の書き順十人十色おもしろ

棚ぼたの休校うれし生徒らは台風一過の街へくり出す

おじゃましますおじゃましました庭の木へ日に幾度《いくたび》も蟬取りの子ら

師走にはこの一年をふり返る今年もボーッと生きた気がする

あゝついに買わざるを得ず三円のふくろ一枚イオンのレジに

泣きやまぬ一歳の機嫌直すのはパパより上手《じようず》「おさるのジョージ」

断水まであと六分にすべきことしばし考えトイレに立ちぬ

一年はあっという間だポンポンの揺れるごとくに人生は行く

マラソン不参加

リハビリと脚のストレッチ指導され努めておれど何も変わらず
エントリー済ましししマラソン近付けど脚の痛みは引いてはくれぬ

いくつもの応援メールに返したり龍馬マラソン不参加なりと

スイミング習おうと気負い気づきたり我には外せぬもののあること

プールにて指導受けるに付けたまま泳げる補聴器あれば嬉しも

スポーツを全くせぬなど論外だその論外の人なり今は

脚に痛みありてもできる運動を探して自転車にたどり着きたり

平成もまもなく終わるジョガーやめ令和元年チャリダーにならん

びわの木の種拾わせてと見も知らぬ老女が来たり午前五時半

客であるわれがかかわりに仕事するセルフレジとはいかなるものか

気配とは確かに音だ難聴のわれは背後の気配つかめぬ

下車すれば押されるように出るばかり駅の姿は見ることがない

茶色い声で「お母さんよ」と電話する子ヤギを騙す狼みたいに

たっぷりと両手で塩を〈照強《てるつよし》〉テレビ画面は真白く吹雪く

ペディキュアを剥がしすべてが肌色に透けて両足消えたるごとし

処分せんとバッグ並べて眺めるに千手観音になりたしわれは

チャリダーになる

自転車の種類さまざま先達の教えに決める白き一台

車輌保険かけるか否か数十万円の自転車《バイク》ならばと言われてしまう

予約せしクロスバイクを車にて迎えに行きぬ梅雨の日の午後

空気入れはフランス式ゆえ初めてのわたしのバイクを「デゼル」と名付く

デゼルとはふたつの翼　マラソンもバレーもやめたわれが飛ぶため

乗る前の準備あれこれサングラス、先無し手袋、ヘルメットＯＫ

ウエストポーチに小銭忘れず行く先で美味なるアイスを味わうために

南国の道の駅へと行くたびにいろいろためす〈久保田のアイス〉

われを乗せクロスバイクはジョギングのかつてのコースひた走りゆく

去年まで私も走っていたのよと声には出さずジョガー抜き去る

ハンドルにスピードメーター装着しさらにテンションアップして乗る

ママチャリのレベルなら時速十二キロフルスピードなら二十八キロ

風受けて袖のハタハタ気に障るＵＶカットの上着は脱ごう

バイクでの距離少しずつ延ばしゆく今日の目標物部川《ものべがわ》越え

物部川越えて野市《のいち》のフジグラン見知らぬチャリダーと会釈かわして

物部川河川敷なる〈ふれあい広場〉孫のサッカー応援にも行く

チャリダーとなりて二ヶ月二時間でフルマラソンの距離を走破す

風《ふ》良《ら》里《り》

秋桜《コスモス》とすすきの中を抜けてゆく〈風《ふ》良《ら》里《り》〉という名の道の駅まで

愛車レヴォーグついに傷つき二週間入院治療を余儀なくされる

古希近き同窓会なり顔を見て名札確かめ会話始まる

同級生と答えればそれ以上問わるることなし夫とのなれそめ

老いらくの恋こそよけれそういえばホれるもボけるも同じ字にして

リビングにいたはずの夫の姿無く透明人間がテレビ見ている

雨、曇りおぐらき日には身に着ける花柄、水玉、白いブラウス

やまない雨はないんやで

「やまない雨はないんやで」少年がテレビで言いしを思うこの春

真夜中に幾度もおこる腹痛についに夫は検査受けたり

「虚血性大腸炎」と立派なる名前もらいて夫帰り来る

七日間白粥と飲み薬のみ修行のごとき治療終えたり

これまでは返信来ざりし弟に祝誕生日のＬＩＮＥを送る

間髪を入れず弟の返信は再就職を知らせて来たり

給料は三分の一ストレスは三十分の一とVサインにて

バイパスに馬糞のように落ちているトラクターゆきしあと田んぼの土が

競り合ってボール取り合うサッカーにネットの外のわが足動く

蹴り出され宙に浮くとき転ぶときボールは自由を謳歌している

歯科眼科整形外科に耳鼻科まで要メンテナンスの齢となりぬ

目だけ二十歳

「翼状片」除けば飛べなくなる身かも恐れながらに手術を決める

左目にバシャバシャ浴びせられいるは麻酔薬らし数分を待つ

左目を無理やり開けられライト浴ぶ「ET」の宇宙船に入ったみたいに

手術中わが腕握り励ましてくるるごと動く血圧計が

目の中を削られたあと縫っている気配を感ず何も見えねど

左目に一日五回の目薬とガーゼ張り付くこと一週間

片目にはガーゼ口にはマスクして四分の一の顔にて暮らす

ひと月後二度目の手術終えたればくっきりはっきり新世界見る

「目だけ二十歳《はたち》」と八十歳《はちじゅう》の叔母言いしこと名言なるかなわが目も二十歳《はたち》

車押し買物するあり支払いに手間取るひとありもうすぐわが身

テレビつけソファに爆睡する夫はテレビを消したとたんに起きる

歌ひとつひらめきメモをとるひまにラジオ体操第一が済む

目頭に注入されし塩水が喉に流れて海にいるよう

どんよりの声と早口は苦手ですわが耳に住む補聴器が言う

マイナスα《アルファ》

一歳と四歳あずかりジジババと二泊三日の合宿生活

建ちならぶ高層マンションそれぞれの窓にともれる物語あり

服のまま体重はかるマイナスのα分《アルファ》に期待しながら

しなければならない事には目をつむりどうでもよい事なぜかはかどる

これからをさらに大事に生きたいと鳩時計もとむ明日は古希なり

あと二分！　鳴くのを見てから立ちあがるわが鳩時計と暮らしはじめて

カレンダーに書き込みながら「？《はてな》」付けオリンピックは疑問符ばかり

そのたびに住まい追われし人のあり東京で二度あるオリンピックに

テレビにだけオリンピックという国があらわれ選手の躍動をみす

東京へ久しく行かずコロナ前の高層ビル街待ち受けのまま

人類の叡知はきっと疫病に打ち勝つと念ず子や孫のため

新しき手帳買うたび書き写す父母の命日、孫の誕生日

解説

山下和代さんの歌が「合歓」に登場したのは、二〇〇五（平成17）年十月、第三十号からである。

ほころびが次々ひろがりゆくように嘘はひとつで終わりはしない
看板も標識も目でたぐり寄せたぐり寄せつつ十キロ走る
一度だけ行ってみたってどうなるというものでなしエステご優待
「みそ汁丼《どん》」と名付けて一人の昼餉とすランチョンマットきちんと敷いて

こういった歌が並んでいた。ここにはすでに山下さんの作品のおおよその傾向が見てとれる。一首目、嘘は一つついたら、その嘘がばれないように次の嘘をつかねばならず、またさらにそれを覆い隠すための嘘をついてしまうといった、世の常ながらちょっとドキッとさせられる歌である。二首目は元気な作者の姿が彷彿とするようなジョギングの場面。あの看板まで、あの標識までと思いつつ走ってゆくのだろう。ご優待という言葉に弱い奥様がたの心理をついた三首目。なんだか得した気分で行ってはみてもエステなどというものは通い続けなければ効果が期待できないものなのだ。「どうなるというものでなし」ときっぱり言い捨てたところが痛快である。四首目も作者の姿が見えるような一首だ。朝の残り御飯にみそ汁をぶっかけて簡単に済ませてしまう昼ごはん。でもこうして歌にしてみると、これはこれでなかなか。ランチョンマットという小道具がいい働きをして主婦の一人御飯も楽しく思わせてくれる。そう、山下さんは日常の細部に利発な目をきかせて人生を楽しんで生きている人なのだと思う。

明日のことなど誰にも不明と言いながら手帳にしかと予定書き込む
五十とは生きき し時間の形容に長い短い付けがたき年齢《とし》
ジーンズの試着をするには気合が要るグイッとヒップを収めるその時
ただひと夜の過ちなれど育て来しベンジャミンの鉢霜に枯れたり
奥様おひまをくださいと突然に今日はたらかぬ湯沸しポット
ひとり行く深夜の堤防人影の無きはさびしく有るは恐ろし
押しボタン急ぐ世のため人のため清く正しく押さずに渡る
満員のエレベーターに一分間パックの中の貝割れ菜のごと

山下さんの歌が痛快なのは他者に向かって言い放つようでありながら、そこには自分自身への鋭い観察眼が働いているからだ。明日のことなんて誰にもわからないわよ、と言いながら、それでも手帳にはしっかり、明日どころか一ケ月、いや半年先の旅行の予定だって書き込んでおくのだ。もう五十歳なのか、まだ五十歳なのかという二首目は女性にとってまことに微妙な問題であるだろう。これには大いに個人差があって気持の持ちよう次第ではあるが、孫がいてもじゅうぶんおかしくない年齢であるから、ばあばとして生きてゆくのもいいか、と思ったり、反対にいやいや、人生百年時代のまだ半分なのだから、もう一度花を咲かせることもできるはず、と思ったりもするのだ。しかしながら、どんなに頑張っても五十過ぎたらジーンズはそろそろツライ。気合を入れて「グイッとヒップを収める」とはなんとリアルであることか。四首目にいたっては、「ただひと夜の過ち?」と一瞬、ドキッとさせて、なんだ、植木のことか、とふっと笑わせる。この惹きつけ方が実にうまいのだ。このように他の歌のいずれにもウイットが効いていて、読んで思わずにやりとしてしまうのである。

ジョギングの途中の二分主婦となり賑わい見せる魚屋覗く
沿道の老若男女とハイタッチしながら走る龍馬マラソン
目の前は太平洋の水平線地球の丸さ感じつつ走る
進めぬと思えるほどの向い風なんでこうまでして走るのか

トイレにも行かず止まらず進むのみただひたすらに五時間走る

わがために完走賞を用意する龍馬マラソンまであと二十日

向かい風と上り坂は好きですと自分に言いきかせつつ走る

さて、山下さんと言えばマラソン。若い頃から走ったり、バレーをしたり、と身体を動かすことが大好きだったらしい。ジョギングしながら買物をするのか、買物のついでにジョギングするのか、と思うほど、生活の一部として走ることが日常化していたようだ。龍馬マラソンではとにかく完走することを目標に、自分へのご褒美を用意しておいて走ったという。太平洋の水平線を目に入れながらのコース。いかにも土佐の高知の大らかなマラソンである。それにしても「なんでこうまでして走るのか」とは恐れ入る。トイレにも行かず止まらず五時間走るとは、その健脚ぶりにも、すぐれた心肺機能にも脱帽するほかない。

高知女性の特性は「はちきん」である。「向かい風と上り坂は好きですと自分に言いきかせつつ」それでも彼女は走るのだ。ものの本によると「はちきん」とは元気で屈託がなく、負けん気が強くて、行動力にあふれる女性をいう語だという。山下さんは高知生れの高知育ち。まさに生粋のはちきん、土佐っぽなのである。

思いきりパンパン叩き伸ばし干す諍いし後の夫のワイシャツ
冷奴に青じそ刻んでいる背中　わたしなしでも生きていけそう
あなたよりふた月ほどは大人ゆえ車の傷は私ってことに
お互いに紛らわしくてこそばゆい夫と私は和男と和代
結婚後四十二年故障なし私も私の電子レンジも
同級生と答えればそれ以上問わるることなし夫とのなれそめ

山下さんはなんと平成二十三、二十四、二十六年度と三回もＮＨＫ全国短歌大会の特選になったことがある。その都度、テレビ放送のために上京して来られたのだが一度、同行された夫君も一緒に品川水族館にご案内したことがあった。その時にたしか和男さんと和代さんが高校の同級生だったことを伺ったのだった。

「和」という題詠でみごとに特選を射止められたのだが、名前だけでなくお二人の雰囲気がよく似ておられて、ご一緒にジョギングもされるということで羨ましく思ったのだった。四首目がその時の歌、選者の佐佐木幸綱さんから「こそばゆい」とはいい表現だと褒めていただいたそうである。

スポーツを全くせぬなど論外だその論外の人なり今は
平成もまもなく終わるジョガーやめ令和元年チャリダーにならん
予約せしクロスバイクを車にて迎えに行きぬ梅雨の日の午後
空気入れはフランス式ゆえ初めてのわたしのバイクを「デゼル」と名付く
デゼルとはふたつの翼　マラソンもバレーもやめたわれが飛ぶため
ハンドルにスピードメーター装着しさらにテンションアップして乗る
チャリダーとなりて二ヶ月二時間でフルマラソンの距離を走破す

書名となった「デゼル」は山下さんが思いついてクロスバイクに付けた名前な

のだそうだ。長年、ジョギングに励んできた彼女もついに脚を痛めて走れなくなり、しかたなく自転車に切り換えることにしたらしい。デゼルとはフランス語で翼のこととか。スポーツ大好き人間としては身体を動かすことのない生活は考えられないようで、マラソンを棄権すると決めたとたん、そうだ、自転車だ！ わたしはこれからチャリダーになる、と決めて、即、クロスバイクを予約したというから、その決断の速さ、行動力はまさに「はちきん」そのものと言えよう。

これからの人生を共にするべきデゼル。このお洒落な名前を冠した歌集が多くの人に読まれますように、あたたかいご批評をお寄せいただけますように、と祈りつつ、やや長くなった解説の筆を擱くことにする。

「合歓」代表　久々湊盈子

あとがき

短歌を作りたいと思い始めて数年がたったころ、短歌をやっているというある年配の女性に出会った。それは校区の小学校の読み聞かせボランティアのメンバーの集まりで偶然に知ったことだった。私は嬉しくて思わず「私に短歌を教えてください」とお願いした。すぐにその女性が短歌の勉強会に誘ってくださり、その後は、「合歓」の久々湊盈子先生をも紹介してくださって、「合歓」にも入れていただけることになったのだ。以来二十年近く、ありがたいことに高知での短歌の勉強会と、「合歓」での久々湊先生のご指導を受けながら短歌を続けているのである。

中学、高校とバレーボール部、大学時代はバドミントン部と部活に熱中し、およそ文学少女などとはほど遠い学生時代を過ごしていた私だが、なぜか短歌は好きだった。父は長年俳句を続けていて、時々は句会に出した俳句のことを話してくれたりもしたが、私は俳句は全く作ってみることもなかった。高校のころ家族で旅行したときに列車の中で、父が弟と私に俳句でも作ったら見てあげるよと言ったことがあった。その時私は景色を見て思いついた短歌を書いて父に見せた。

夕暮れの遠くの山の深き紺近くにともる家々のあかり

これは私の生まれて初めて作った短歌だったと思う。父は、夕方の情景がよく詠めていると誉めてくれたのだった。そんなことがあったものの、そのまま短歌を作るということもなく何年もが過ぎてしまった。

家庭に入ってからは、ママさんバレーボール、ジョギングなど相変わらずスポーツの趣味は続けていたが、いつからか無性に短歌を作りたいと思うようになっていた。ＮＨＫの短歌番組の月刊誌に美しい写真と短歌とが載せられているのに惹かれてよく買っていた。そんな時に知り合えたのが、先に述べた女性で、私にとってはほんとうにラッキーな出会いだったとしか言いようがない。それから後は、信じられないほど面白いように短歌を作ることができ始めたのだった。

今回、久々湊盈子先生に勧めていただいたこともあり、ちょうど古希の記念にと歌集を出版することを決めました。歌を作り始めた五十二歳から七十歳の間は、娘や息子の結婚、孫の誕生、夫と私のそれぞれの両親の他界といった身辺に大きな出来事のあった時期でもあります。そういった日々の暮らしの歌を中心に四三〇首を収めました。タイトルの「デゼルに乗って」は、〈空気入れはフランス式ゆえ初めてのわたしのバイクを「デゼル」と名付く〉から付けたものです。

歌集の編集にあたっては、久々湊先生にたいそうお骨折りいただいたうえ、解説までお書きいただき、ほんとうに感謝に堪えません。また典々堂の髙橋典子さまにもいろいろとアドバイスをいただきました。ほんとうにありがとうございました。そして、とてもおしゃれな装幀をしてくださいました花山周子さまにも心からお礼を申し上げます。

「合歓」に入れていただいて十七年。高知にいるため「合歓」の歌会に参加できることもめったにないのですが、毎号の誌面でお歌とお名前を拝見している「合歓」

の会員のみなさまにはいつもたくさんの刺激と力を頂いています。どうもありがとうございます。そして高知での勉強会でいつも貴重なご意見をくださる歌友のみなさまにも、心からの感謝をお伝えしたいと思います。これからもどうぞ変わらぬおつきあいをよろしくお願いいたします。

私の初めての歌集『デゼルに乗って』を、私を短歌の世界に導いてくださった女性、故・谷口米美さまに捧げたいと思います。

二〇二二年六月　　緑濃き初夏の日に

山下和代

山下和代　略歴
1951年7月　高知生まれ
2005年　「合歓」入会
2009年　「川柳木馬」入会
日本歌人クラブ会員
高知県歌人連盟会員・川柳スパイラル会員

歌集　デゼルに乗って

2022年8月30日　初版発行

著　者　山下和代
〒780-0051 高知県高知市愛宕町4-12-12
発行者　髙橋典子
発行所　典々堂
〒101-0062 東京都千代田区駿河台2-1-19
アルベルゴお茶の水323
振替口座 00240-0-110177
組　版　はあどわあく　印刷・製本　渋谷文泉閣

定価はカバーに表示してあります